La primera Navidad de los animales

MONTAÑA
ENCANTADA

Benoît Debecker

La primera Navidad de los animales

EVEREST

HACE MUCHO TIEMPO, UN CONEJO FUE A VISITAR A PAPÁ NOEL ALLÁ ARRIBA, EN EL NORTE DEL POLO NORTE.

—ESTÁ MUY BIEN ESO DE MIMAR A LOS NIÑOS, PERO, ¿HAS PENSADO ALGUNA VEZ EN LOS ANIMALES? —LE RECLAMÓ EL CONEJO.

—TIENES RAZÓN —RECONOCIÓ PAPÁ NOEL—, PERO HAY TANTOS NIÑOS EN EL MUNDO, QUE NO ME QUEDA NI UN MINUTO PARA VOSOTROS.
—ESPERA, TENGO UNA IDEA...

DESDE AQUEL DÍA LEJANO, TODAS LAS NOCHES DE NAVIDAD SE VEN DESCENDER DEL CIELO EXTRAÑOS PAPÁS NOEL...

EL PAPÁ NOEL DE LOS ELEFANTES ES TAN FUERTE, QUE PUEDE LLEVAR UN REGALO TAN GRANDE COMO UNA CASA.

¡EL REGALO MÁS GRANDE DEL MUNDO!

EL PAPÁ NOEL DE LOS GATOS SÓLO TIENE UNA IDEA EN LA CABEZA: COMERSE AL PAPÁ NOEL DE LOS RATONES.

¿LO CONSEGUIRÁ ALGÚN DÍA?

A VECES OCURRE QUE EL PAPÁ NOEL DE LOS PEREZOSOS NO SE DESPIERTA LA NOCHE DE NAVIDAD.

¡VAYA LÍO!

CON SUS DOS GRANDES DIENTES, EL PAPÁ NOEL DE LAS MORSAS ESTROPEA LOS REGALOS.

—¡MAMÁ! ¡MI MUÑECA ESTÁ LLENA DE AGUJEROS! —SE ESCUCHA EN EL HIELO.

¡MENUDO DRAMA!

SI LA NOCHE DE NAVIDAD, VES
UN PUNTITO ROJO ATRAVESAR
EL CIELO A TODA VELOCIDAD, ES

EL PAPÁ NOEL DE LAS PULGAS.

EL PAPÁ NOEL DE LOS TOPOS ES TAN MIOPE, QUE LO REGALA TODO ¡AL PRIMERO QUE ENCUENTRA!

AFORTUNADAMENTE, LOS TOPITOS TAMPOCO VEN NADA...

Y TODO EL MUNDO ESTÁ CONTENTO.

TODAS LAS MAMÁS OSAS ESTÁN UN POCO ENAMORADAS DEL PAPÁ NOEL DE LOS OSOS Y SUEÑAN CON ABRAZARLO...

¡ES TAN GUAPO!

EL PAPÁ NOEL DE LOS CANGUROS SALTA DE ESTE A OESTE Y DE NORTE A SUR, TAN ALTO Y TAN DEPRISA QUE SE LE VAN CAYENDO LOS REGALOS POR EL CAMINO.

POBRES CANGURITOS...

NINGÚN PAPÁ NOEL DE LOS ANIMALES LLEVA UN GORRO TAN GRACIOSO COMO EL DE LOS CONEJOS.

ES ASÍ:

EL PAPÁ NOEL DE LAS JIRAFAS ES ALTO, MUY ALTO, ¡ALTÍSIMO!

REALMENTE SER TAN ALTO RESULTA COMPLICADO...

... PORQUE PARA SU TRAJE HACE FALTA CIEN VECES MÁS TELA QUE PARA EL DEL CONEJO.

¡DE VERDAD!

TODOS LOS AÑOS, EL PAPÁ NOEL DE LAS GALLINAS SE EMPEÑA EN INCUBAR LOS REGALOS.

EL PAPÁ NOEL
DE LAS GALLINAS
NO SE ENTERA...

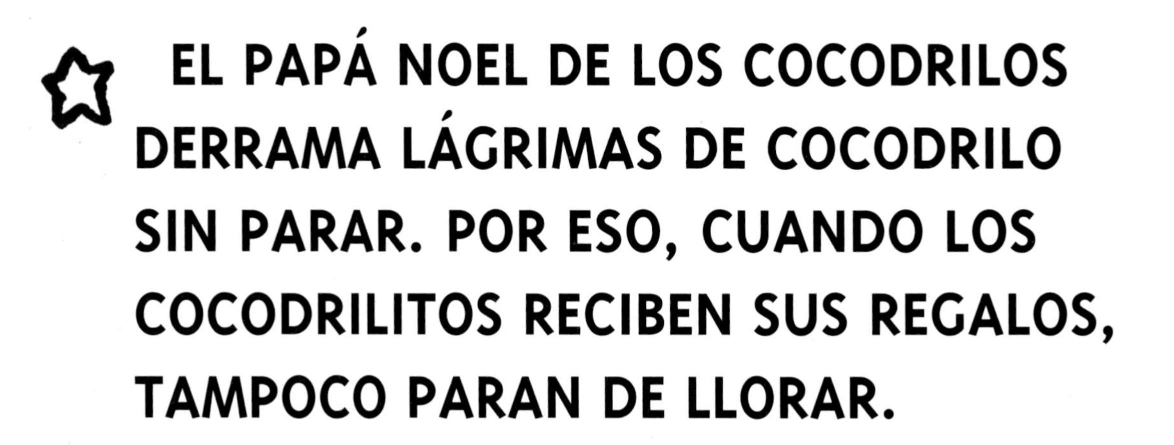

EL PAPÁ NOEL DE LOS COCODRILOS DERRAMA LÁGRIMAS DE COCODRILO SIN PARAR. POR ESO, CUANDO LOS COCODRILITOS RECIBEN SUS REGALOS, TAMPOCO PARAN DE LLORAR.

NO ES UN MOMENTO MUY ALEGRE...

A VECES, EL PAPÁ NOEL DE LAS CIGÜEÑAS SE EQUIVOCA EN EL REPARTO DE LOS RECIÉN NACIDOS.

DEMASIADOS BEBÉS.

PARA LLAMAR LA ATENCIÓN, EL PAPÁ NOEL DE LOS MONOS ESTÁ DISPUESTO A TODO.

SIN LA MENOR DUDA.

COMO SON ROJOS, TODOS LOS PECES ROJOS SE CREEN EL PAPÁ NOEL DE LOS PECES ROJOS.

¡Y SE ARMA UN LÍO ESPANTOSO!

EL PAPÁ NOEL DE LOS CERDOS ESTÁ SUCIO COMO UN CERDO.

—¡NOS AVERGÜENZAS! —SE QUEJAN LOS DEMÁS PAPÁS NOEL DE LOS ANIMALES.

SIN EMBARGO LOS CERDITOS LO ADORAN...

Y ESO ES LO IMPORTANTE.

NO SE PUEDE CONFIAR
EN EL PAPÁ NOEL DE LAS
SERPIENTES.

¡JAMÁS!

DURANTE ESE TIEMPO, PAPÁ NOEL, EL AUTÉNTICO, DISTRIBUYE SUS REGALOS ENTRE TODOS LOS NIÑOS DEL MUNDO.

Y CUANDO HA TERMINADO,
NO OLVIDA A LAS PEQUEÑAS SERPIENTES.

Dirección editorial: Raquel López Varela
Coordinación editorial: Ana María García Alonso
Maquetación: Cristina A. Rejas Manzanera
Título original: *Le premier Noël des animaux*
Traducción: Elena del Amo
Diseño de cubierta: Jesús Cruz

Carretera León-La Coruña, km 5 - LEÓN
ISBN: 84-241-1675-5
Depósito legal: LE. 1639-2005
Printed in Spain - Impreso en España
EDITORIAL EVERGRÁFICAS, S. L.
Carretera León-La Coruña, km 5
LEÓN (España)
Atención al cliente: 902 123 400
www.everest.es